FICHE DE LECTURE

Document rédigé par Danny Dejonghe
Maitre en langues et littératures françaises et romanes
(Université catholique de Louvain)

L'Aveuglement

José Saramago

lePetitLittéraire.fr

RÉSUMÉ

UNE ÉPIDÉMIE DE CÉCITÉ

Dans une ville dont on ne connait pas le nom, le conducteur d'une voiture arrêtée à un carrefour est soudainement privé de la vue. Un jeune homme propose de le reconduire chez lui, mais en profite pour lui voler son véhicule au retour et devient aveugle lui aussi. Accompagné de sa femme, le premier aveugle part consulter un ophtalmologiste. Dans la salle d'attente se trouvent une jeune femme sublime qui porte des lunettes teintées pour cacher une conjonctivite, un garçon qui louche et un vieil homme qui doit se faire opérer de la cataracte et qui porte un bandeau. Le médecin reste perplexe quant à la maladie : il constate en effet que son patient est aveugle, bien que l'œil soit intact. Le soir même, alors qu'il fait des recherches sur cette « maladie », le médecin perd la vue à son tour.

Les autorités, prévenues du phénomène, mettent ces aveugles contagieux en quarantaine dans un asile. S'y retrouvent le premier aveugle, le voleur de voitures, la jeune femme à la conjonctivite et l'enfant qui louche, ainsi que l'ophtalmologiste et sa femme, cette dernière simulant la cécité pour rester auprès de son mari. Arriveront plus tard le vieillard au bandeau, la femme du premier aveugle et la secrétaire du cabinet d'ophtalmologie. La maladie dont tous sont atteints est surnommée le mal blanc, car les malades voient tout en blanc.

UNE SOCIÉTÉ DÉSHUMANISÉE

Dans l'asile d'aliénés, les conditions de « détention » sont quasiment inhumaines et ressemblent d'ailleurs à s'y méprendre à celles pratiquées dans les camps de concentration nazis : les patients reçoivent peu de nourriture, ne sont pas soignés ; le lieu est insalubre et sans cesse occupé par de nouveaux malades qui arrivent chaque jour par dizaines, et tout le monde est surveillé par des sentinelles qui sont prêtes à abattre n'importe quel pensionnaire tentant de s'échapper... C'est d'ailleurs le sort qui sera réservé au jeune voleur de voitures qui tente de s'enfuir, malgré qu'il soit affaibli par une blessure à la cuisse infligée par la jeune femme, envers qui il avait eu un geste déplacé.

Malgré ses nombreux efforts pour être contaminée, la femme du médecin résiste à l'épidémie, mais continue tout de même à feindre la cécité pour ne pas être exclue. Le fait qu'elle puisse encore voir lui permet de se repérer dans l'espace et d'aider les aveugles dans les diverses tâches quotidiennes, faisant d'elle une sorte de guide.

L'afflux de malades est tel que les autorités décident d'éradiquer le mal par une « liquidation physique en masse » (p. 103). De nombreux patients sont alors fusillés par les sentinelles. En réaction, les aveugles décident de s'unir et de se soutenir mutuellement. Mais cette cohésion ne sera que de courte durée et laissera rapidement place à l'individualité : des querelles éclatent notamment lors de la répartition de la nourriture, chacun souhaitant plus que sa part normale, ou encore lorsque le tintamarre de certains perturbe le sommeil des autres. La nouvelle société qui se met en place fait ainsi primer l'intérêt individuel sur l'intérêt collectif.

Les choses empirent avec l'arrivée des derniers aveugles, qui sont pour la plupart des bandits qui rationnent la nourriture et la font payer, sous peine de matraquer quiconque s'y refuserait.

LA VIOLENCE S'ACCROIT

Bientôt, les derniers arrivants instaurent une véritable dictature et, plus les jours passent, plus l'horreur s'intensifie. Si au début ils se limitaient à rationner les autres résidents, les « aveugles scélérats », ayant un fort appétit sexuel, réclament désormais des femmes, pour les violer, en échange de la nourriture. Alors que certaines décident de se révolter, un groupe de sept femmes, dont l'épouse de l'ophtalmologiste et la femme aux lunettes teintées, décident de se donner aux barbares qui les violeront avec sauvagerie, afin de pouvoir continuer à se nourrir. L'une d'entre elles mourra de ses blessures. Les exactions sexuelles continuant de plus belle, la femme du médecin finit par tuer le chef des scélérats.

Loin d'apaiser la situation, le défunt chef est aussitôt remplacé par un autre, un comptable jusque-là inoffensif, qui décide de priver les autres pensionnaires de toute nourriture, alors même que les autorités ont décidé de ne plus leur livrer de vivres. Certains, parmi lesquels l'ophtalmologiste et sa femme, le premier aveugle et son épouse, le jeune garçon, la jeune femme à la conjonctivite et le vieillard au bandeau, tentent de ruser pour voler de la nourriture chez les scélérats.

Peu de temps après, l'ensemble des pensionnaires décide de se rebeller en utilisant les moyens du bord, ce qui donne lieu à une véritable bataille épique. Celle-ci se solde pourtant par une défaite. C'est finalement une femme anonyme qui, en boutant le feu au bâtiment, viendra à bout des scélérats et détruira l'asile par la même occasion. Chacun est alors libre de circuler dans la ville.

DES AVEUGLES DANS LA VILLE

Les premières sensations qu'éprouvent les aveugles à la sortie sont la désorientation et la peur engendrées par la redécouverte de l'environnement qui les entoure. Ils constatent en outre que tout le monde en ville a perdu la vue : c'est donc la loi de la jungle qui prévaut pour se nourrir et pour boire. « Partout il y a des aveugles, qui ouvrent la bouche, qui se désaltèrent et emmagasinent de l'eau dans tous les recoins de leur corps. » (p. 263) Ayant mis le groupe à l'abri, la femme de l'ophtalmologiste décide de partir à la recherche de vivres et découvre une cave qui en est remplie, inaccessible aux aveugles. Elle retourne alors se mettre à l'abri auprès de ses amis et leur permet de se sustenter.

Une fois les forces reprises, ils se mettent en quête du domicile de chacun. La première habitation visitée est celle de la jeune fille aux lunettes teintées, qui espère retrouver ses parents. Malheureusement, ils ont disparu. Le lendemain matin, ils retournent dans la ville et arrivent dans le quartier où vivaient le médecin et sa femme. C'est dans leur appartement que le groupe réapprend le gout de l'eau et le bonheur de pouvoir se laver. Après une nuit passée dans cet appartement, la femme de l'ophtalmologiste décide de repartir en quête de nourriture. Le premier aveugle et sa femme, qui l'accompagnent, désirent à leur tour se rendre chez eux. Mais ils découvrent qu'un écrivain a investi les lieux avec sa famille. Le couple, qui vit maintenant avec son groupe, décide de laisser le logement à l'écrivain, car, depuis la cécité généralisée, la propriété privée est l'une des nombreuses notions oubliées par la population.

LA VUE RETROUVÉE

Le lendemain, lors d'une nouvelle expédition en vue de chercher de la nourriture, l'ophtalmologiste et sa femme constatent que la ville va de mal en pis :

> « L'aspect des rues empirait d'heure en heure. Les ordures semblaient se multiplier pendant la nuit. C'était comme si, de l'extérieur, d'un pays inconnu où il y aurait encore eu une vie normale, les gens venaient déverser ici leurs poubelles en cachette... » (p. 346)

Une fois à la réserve, la femme découvre des dizaines de cadavres dans l'escalier qui mène à la cachette. Choquée par ce qu'elle voit, elle fait un malaise. Grâce au soutien de son mari, elle parvient à pénétrer dans un temple religieux où le couple fait une autre découverte effarante : toutes les figures religieuses (Jésus, Marie, les saints, etc.) ont les yeux bandés.

De retour à l'appartement, après un repas frugal, un miracle se produit durant la nuit. Le premier aveugle retrouve la vue aussi soudainement qu'il l'avait perdue. Il en est rapidement de même pour chaque membre du groupe ainsi que pour les habitants de la ville. La raison de cette soudaine cécité générale ainsi que celle de sa guérison resteront à jamais un mystère.

ÉTUDE DES PERSONNAGES

LE PREMIER AVEUGLE

Cet homme a subitement perdu la vue alors qu'il était immobilisé à un feu rouge. Quelqu'un vient lui porter secours, mais profite de la situation pour lui voler sa voiture. Suite à cet évènement, le premier aveugle conservera tout au long du récit une certaine rancœur envers le voleur.

Ce personnage n'a pas un rôle central ; il apparait surtout lorsqu'il est question de mener des expéditions dans les autres dortoirs de l'asile ou quand il doit aider son groupe pour chercher de la nourriture. Il aime beaucoup sa femme, dont il ne se sépare pas, et se montre très possessif envers elle : quand elle décide de se donner aux scélérats, il lui intime l'ordre de ne pas y aller. Il est par ailleurs le premier à recouvrer la vue.

LE VOLEUR DE VOITURES

Ce jeune homme se porte volontaire pour raccompagner le premier aveugle chez lui, mais il profitera de la situation pour lui voler sa voiture. Il perd à son tour la vue, et est enfermé avec les autres aveugles dans l'asile.

À l'intérieur de la communauté, il lui arrive d'avoir des comportements déplacés, notamment avec les femmes, dont l'une d'elles se défendra et lui infligera une sérieuse blessure à la jambe. Ne supportant plus l'enfermement, il tentera de s'échapper, mais sera abattu par les sentinelles qui gardent le bâtiment avant d'avoir atteint la sortie.

LA JEUNE FEMME AUX LUNETTES TEINTÉES

Cette jeune femme vient consulter l'ophtalmologiste pour une conjonctivite ; elle perd la vue quelques heures plus tard.

Elle semble aimer le contact des hommes, sans toutefois se laisser faire lorsqu'elle est importunée. Elle fait preuve d'une certaine force de caractère et se montre protectrice et maternelle avec le jeune garçon qui louche, mais aussi avec la femme de l'ophtalmologiste quand celle-ci se trouve au bord de la crise de nerfs.

Une fois de retour dans la ville, elle part en quête de son appartement, qu'elle partageait avec ses parents, mais n'y retrouve personne. À la fin du roman, elle désire vivre avec le vieillard au bandeau, avec qui elle a partagé une étreinte une nuit, mais prétend ne pas en être amoureuse pour autant. Elle est la deuxième personne à finalement retrouver la vue.

LE VIEILLARD AU BANDEAU

Ce vieil homme est un autre patient de l'ophtalmologiste devenu aveugle. À son arrivée à l'asile, il a pour tout bagage une radio qui permettra à ses compagnons de se tenir informés de ce qu'il se passe à l'extérieur. Quand les bandits arrivent, il se fait beaucoup plus discret, ne voulant pas se voir confisquer son seul bien. C'est désormais seul qu'il écoute les informations caché sous ses draps, avant d'en faire un compte-rendu aux autres.

À la fin du roman, il avoue qu'il désire vivre avec la jeune femme aux lunettes teintées.

L'OPHTALMOLOGISTE

Ce médecin a reçu en consultation quatre des aveugles enfermés avant d'être frappé de cécité à son tour. Malgré les recherches qu'il mène, il ne parvient pas à expliquer l'origine de la maladie. Quand il perd la vue, il est enfermé avec sa femme dans l'asile où il est désigné comme chef du « baraquement ». Tout au long de l'histoire, il incarne la voix de la raison.

Il est également d'un grand soutien pour sa femme qui feint d'être aveugle. Si les autres ne perçoivent l'horreur qu'avec leurs autres sens, elle est consciente de tout ce qu'il se passe et manque à plusieurs reprises de craquer nerveusement.

Il est la troisième personne à retrouver la vue à la fin du roman.

LA FEMME DE L'OPHTALMOLOGISTE

La femme de l'ophtalmologiste est le seul personnage du roman à ne pas devenir aveugle, et ce sans qu'aucune explication, physique ou psychologique, ne soit donnée. On ne peut cependant s'empêcher de se demander : « Pourquoi elle ? » Un élément de réponse réside sans doute en ce qu'elle est une femme douée de grandes qualités morales : sensible et généreuse, elle ne se sert pas de son « pouvoir » pour dominer, mais pour aider ceux qui lui sont chers.

Ainsi, simulant la cécité pour accompagner son mari dans l'asile, elle s'avère d'une aide capitale aux aveugles, que ce soit pour les mener jusqu'aux toilettes, pour recueillir la nourriture ou encore pour aider son mari à enterrer les morts (tâche dont doivent s'acquitter les pensionnaires), jouant ainsi le rôle de guide. Elle permet à son groupe de ne pas basculer totalement dans la bestialité, de conserver une certaine dignité.

Cette femme a d'ordinaire des nerfs d'acier, mais elle commence à lâcher prise quand les conditions de vie des internés deviennent inhumaines. C'est d'ailleurs elle qui tue le chef des scélérats. Quand l'asile prend feu et que le groupe se retrouve dans les rues, elle est en charge du rationnement. C'est grâce à sa capacité visuelle qu'elle peut une fois de plus trouver ce qu'elle cherche. Après avoir aperçu un escalier situé à côté d'un ascenseur hors service, elle l'emprunte et découvre une pièce remplie de nourriture.

Au fil du roman, elle prend conscience de son rôle de protectrice et du changement psychologique de la population nouvellement aveugle. Lorsque tout le monde retrouve la vue, elle est envahie par la joie de voir son calvaire enfin terminé.

LA BANDE DES « AVEUGLES SCÉLÉRATS »

La bande des « aveugles scélérats » arrive à l'asile peu après les premiers protagonistes. Ils représentent en quelque sorte les puissants que l'on peut trouver à la tête des sociétés totalitaires et qui pensent avoir tous les droits sur les autres. C'est ainsi qu'ils rançonnent les pensionnaires afin d'obtenir leur nourriture et n'hésitent pas à recourir aux armes pour arriver à leurs fins. En plus des vols, ils réduisent également les libertés des autres, leur interdisent de se rendre aux sanitaires et violent les femmes. Pour évoquer leurs comportements, l'auteur a souvent recours au vocabulaire animalier.

Tout le groupe périt dans l'incendie de l'asile, bouté par une femme anonyme.

L'aveugle comptable

Dans les rangs des aveugles scélérats se trouve un comptable qui écrit et lit en braille et semble éprouver parfois quelques remords quant aux méthodes mises en œuvre par son groupe. Si, au départ, il ne semble pas partager les mêmes convictions, il reste auprès du groupe pour le confort matériel qu'il lui apporte.

Quand la femme de l'ophtalmologiste assassine le chef des scélérats, l'aveugle comptable décide de s'emparer du révolver de ce dernier et de s'autoproclamer chef. Il devient un leadeur beaucoup plus dur que le précédent, allant jusqu'à priver les autres pensionnaires de nourriture. Cependant, au sein même de son groupe, il souffre d'un cruel manque d'autorité :

> « Après la mort tragique du premier chef, l'esprit de discipline et le sens de l'obéissance s'étaient relâchés dans le dortoir, l'aveugle comptable ayant commis la grande erreur de penser qu'il lui suffirait de s'emparer du pistolet pour avoir automatiquement le pouvoir en poche, or le résultat fut précisément le contraire, chaque fois qu'il fait feu, c'est comme s'il tirait par la culasse, en d'autres termes, chaque balle tirée est une fraction d'autorité perdue… » (p. 237)

Il meurt dans les flammes de l'asile, comme les autres aveugles scélérats.

CLÉS DE LECTURE

LE FANTASTIQUE AU SERVICE DU ROMAN-ESSAI

L'œuvre de José Saramago pourrait être rapprochée du roman-essai. Les rapports qu'entretient son récit avec le genre de l'essai sont perceptibles dès le titre. Ainsi, l'intitulé original de *L'Aveuglement* n'est autre que *Ensaio sobre a Cegueira*, que l'on peut traduire par « *Essai sur la cécité* ». Il avoue lui-même son gout pour ce genre parce qu'il lui permet de « transmettre certaines de [ses] préoccupations ou [...] certaines de [ses] obsessions » (Amorim S., *José Saramago. Art, théorie et éthique du roman*, Paris, L'Harmattan, 2010, p. 12).

En rédigeant *L'Aveuglement*, l'auteur est parti d'un postulat simple, mais relevant du fantastique : et si l'on perdait tous la vue au même moment, comment la société réagirait-elle ? En nous ôtant un des cinq sens, l'auteur nous interroge sur notre condition humaine. Nous pensons en effet que tout ce que l'on possède nous est acquis. Or la réalité est loin d'être aussi clémente et tout peut basculer d'un jour à l'autre. Avec la cécité, les personnages semblent en effet avoir perdu tous leurs repères et, en l'espace de quelques semaines, c'est toute la société qui en est chamboulée.

Saramago fait donc ici une expérience à la fois littéraire, philosophique et sociologique en introduisant un élément fantastique dans un univers réaliste, avant de regarder ce qu'il se passe.

UN ROMAN ALLÉGORIQUE

Avec *L'Aveuglement*, José Saramago se lance pour la première fois dans le roman allégorique. Ce procédé littéraire consiste à utiliser une image forte pour donner corps à un concept, une réalité abstraite. En vogue au Moyen Âge – grâce notamment au *Roman de la Rose* (XIIIe siècle) de Guillaume de Lorris (poète français, vers 1200-vers 1238) et Jean de Meung (poète français, vers 1240-vers 1305), où la rose est une image de la femme aimée –, il est remis sous le feu des projecteurs avec le roman *La Peste* (1947) d'Albert Camus (écrivain français, 1913-1960), dans lequel le fléau est généralement vu comme représentant le nazisme.

L'épidémie d'aveuglement : une allégorie, mais de quoi ?

En ce qui concerne le roman de Saramago, l'auteur semble ne pas vouloir donner d'explications quant au sens caché de cet aveuglement soudain, car, selon lui, cela « pourrait peut-être faire comprendre au lecteur bien plus de choses que ne le ferait une théorie de froides descriptions didactiques... » (*ibid.*, p. 102) Toutefois, même si le mystère demeure entier, nous pouvons imaginer les intentions de l'auteur : « provoquer un réveil des consciences en invitant le lecteur à davantage de réflexion. » (*ibid.*, p. 4) Et cette conscientisation se veut universelle : elle touche l'humanité dans son ensemble à travers des personnages sans identité évoluant dans un espace-temps indéterminé.

Comme Camus dans *La Peste*, l'auteur cherche ici à mettre son lecteur en garde : la cécité qui touche presque toute la population d'une ville ne serait-elle pas la métaphore de l'ignorance et de l'obscurantisme que l'on retrouve de tout temps, et encore aujourd'hui, dans nos sociétés, ces maux qui rabaissent les êtres humains au rang de bêtes ? Incarne-t-elle l'individualisme, l'intolérance, le fait qu'avec notre regard d'hommes, nous sommes en fait aveugles à ce qui se déroule réellement sous nos yeux ? Puisque Saramago ne donne pas de réponse explicite, ce sera au lecteur de trouver la sienne.

Une métaphore des camps de concentration

Si l'on peut voir dans l'épidémie de cécité la concrétisation des travers de nos sociétés, une autre métaphore plus explicite se fait jour dans le roman : celle des camps de concentration. En effet, en lisant les conditions de vie des patients internés dans l'asile, on ne peut que songer à ces camps de la mort utilisés par les nazis durant la Seconde Guerre mondiale (1939-1945). Les parallèles sont en effet nombreux :

- les aveugles sont répartis dans différents dortoirs en fonction de la cause de leur maladie (selon qu'ils soient aveugles d'origine ou contaminés), comme les nazis séparaient les hommes et les femmes à leur entrée dans les camps pour ensuite sélectionner les personnes aptes à travailler ;
- les conditions de vie y sont particulièrement pénibles. La saleté règne, la nourriture est rationnée et limitée ;
- l'asile est gardé par des soldats qui ont ordre de tirer sur toute personne tentant de s'enfuir, comme c'était le cas lors de la Seconde Guerre mondiale ;
- tout comme les Juifs internés sont exterminés par groupes dans les camps nazis, les autorités de *L'Aveuglement* décident de procéder à une liquidation en masse d'une partie des contaminés ;

- enfin, les pensionnaires de l'asile, à l'instar des victimes des camps, subissent l'épreuve de la déshumanisation. Les conditions de vie sont telles qu'ils perdent peu à peu tous les repères faisant d'eux des êtres humains.

LE THÈME DE LA DÉSHUMANISATION

La déshumanisation est un thème très présent dans le roman de Saramago. Si elle commence avec les atroces conditions de détention à l'asile, au sein d'une sorte de huis clos psychologique, elle continue après la sortie de l'établissement : les rues de la ville sont en proie au chaos, à l'horreur, à une saleté abjecte, indigne de l'homme (déchets, excréments, cadavres, etc.).

> « Il s'était souillé, il le savait, il était sale comme il ne l'avait jamais été de sa vie, il y a bien des façons de devenir un animal, pensa-t-il, celle-ci n'est que la première de toutes. » (p. 112)

Partout désormais, ce sont la loi du plus fort et les instincts de survie qui prévalent.

Par ailleurs, si le fait qu'aucun personnage n'est désigné par un nom rend le propos universel, cela renforce également ce phénomène de déshumanisation. Les protagonistes se distinguent uniquement par leur fonction (comme l'ophtalmologiste), par leur rôle dans l'intrigue (comme le premier aveugle), ou par leurs particularités physiques (comme le vieillard au bandeau).

On peut également voir, dans le fait même que ce soit, parmi les cinq sens, la vue qui fasse défaut aux protagonistes, le signe d'une société qui s'éloigne d'un cran de sa culture – et donc de son humanité. En effet, ne faut-il pas des yeux pour accéder à certaines formes d'art, comme admirer un tableau ou s'émerveiller d'un spectacle de danse ?

PISTES DE RÉFLEXION

QUELQUES QUESTIONS POUR APPROFONDIR VOTRE RÉFLEXION…

- *La Peste* d'Albert Camus peut être, comme *L'Aveuglement*, considéré comme un roman allégorique. Comparez les deux œuvres.
- Nous avons comparé, dans cette fiche, les conditions de détention des aveugles avec les conditions d'enfermement des Juifs dans les camps de concentration. Comparez à votre tour l'asile de *L'Aveuglement* avec la description des camps de concentration dans *Le Mort qu'il faut* (2001) de Jorge Semprún ou *Si c'est un homme* (1947) de Primo Levi.
- Le roman présente plusieurs modèles de sociétés, que ce soit dans l'asile ou à l'extérieur. Comparez-les. Quelles différences et quelles similitudes notez-vous ?
- *L'Aveuglement* présente un bouleversement de la société à cause de la cécité, et la nécessaire reconstruction d'une nouvelle société. Connaissez-vous d'autres romans qui tiennent le même propos ?
- La raison pour laquelle tout le monde recouvre la vue à la fin du roman reste un mystère. Construisez votre hypothèse pour expliquer la cécité soudaine et le retour de la vue.
- Si vous deveniez aveugle subitement, comme tous les personnages du roman, quelle attitude adopteriez-vous ? Dans quelle catégorie vous situeriez-vous ?
- Connaissez-vous d'autres romans de José Saramago ? Quels points communs et quelles particularités présente le roman *L'Aveuglement* par rapport aux autres ?

- À votre avis, pourquoi l'auteur a-t-il choisi de faire perdre la vue, en particulier, à ses protagonistes ? Pourrait-on arriver à une réflexion semblable si tous les personnages avaient été frappés de surdité ?
- Tentez de réaliser le schéma actanciel de ce roman : quel(s) serai(en)t le(s) héros ? Quelle pourrait être la quête poursuivie par les protagonistes ? Etc.
- Commentez ce passage :

> « Je pense que nous ne sommes pas devenus aveugles, je pense que nous étions aveugles. Des aveugles qui voient. Des aveugles qui, voyant, ne voient pas. » (p. 216)

Votre avis nous intéresse !

Laissez un commentaire sur le site de votre librairie en ligne et partagez vos coups de cœur sur les réseaux sociaux !

POUR ALLER PLUS LOIN

ÉDITION DE RÉFÉRENCE

- Saramago J., *L'Aveuglement*, trad. de Geneviève Leibrich, Paris, Seuil, coll. « Points », 1997, 355 p.

ÉTUDES DE RÉFÉRENCE

- Amorim S., *José Saramago. Art, théorie et éthique du roman*, Paris, L'Harmattan, 2010, 288 p.
- Errera E., « José Saramago », in *Tous les discours de réception de prix Nobel de littérature*, Paris, Flammarion, 2013, p. 248-266.
- Fréjaville R. M., « Les manifestations de l'horreur dans *Ensaio Sobre a Cegueira* de José Saramago », in *Cahiers du CELEC*, n° 1, décembre 2010. http://cahiersducelec.univ-st-etienne.fr/index.php?option=com_content&view=article&id=18%3Acahiers-du-celec-nd1&Itemid=2

ADAPTATION CINÉMATOGRAPHIQUE

- *Blindness*, film de Fernando Meirelles, avec Julianne Moore, Mark Ruffalo, Danny Glover et Gael Garcia Bernal, Japon, Brésil et Canada, 2008.

Retrouvez notre offre complète sur lePetitLittéraire.fr

- des fiches de lectures
- des commentaires littéraires
- des questionnaires de lecture
- des résumés

Anouilh
- Antigone

Austen
- Orgueil et Préjugés

Balzac
- Eugénie Grandet
- Le Père Goriot
- Illusions perdues

Barjavel
- La Nuit des temps

Beaumarchais
- Le Mariage de Figaro

Beckett
- En attendant Godot

Breton
- Nadja

Camus
- La Peste
- Les Justes
- L'Étranger

Carrère
- Limonov

Céline
- Voyage au bout de la nuit

Cervantès
- Don Quichotte de la Manche

Chateaubriand
- Mémoires d'outre-tombe

Choderlos de Laclos
- Les Liaisons dangereuses

Chrétien de Troyes
- Yvain ou le Chevalier au lion

Christie
- Dix Petits Nègres

Claudel
- La Petite Fille de Monsieur Linh
- Le Rapport de Brodeck

Coelho
- L'Alchimiste

Conan Doyle
- Le Chien des Baskerville

Dai Sijie
- Balzac et la Petite Tailleuse chinoise

De Gaulle
- Mémoires de guerre III. Le Salut. 1944-1946

De Vigan
- No et moi

Dicker
- La Vérité sur l'affaire Harry Quebert

Diderot
- Supplément au Voyage de Bougainville

Dumas
- Les Trois Mousquetaires

Énard
- Parlez-leur de batailles, de rois et d'éléphants

Ferrari
- Le Sermon sur la chute de Rome

Flaubert
- Madame Bovary

Frank
- Journal d'Anne Frank

Fred Vargas
- Pars vite et reviens tard

Gary
- La Vie devant soi

Gaudé
- La Mort du roi Tsongor
- Le Soleil des Scorta

Gautier
- La Morte amoureuse
- Le Capitaine Fracasse

Gavalda
- 35 kilos d'espoir

Gide
- Les Faux-Monnayeurs

Giono
- Le Grand Troupeau
- Le Hussard sur le toit

Giraudoux
- La guerre de Troie n'aura pas lieu

Golding
- Sa Majesté des Mouches

Grimbert
- Un secret

Hemingway
- Le Vieil Homme et la Mer

Hessel
- Indignez-vous !

Homère
- L'Odyssée

Hugo
- Le Dernier Jour d'un condamné
- Les Misérables
- Notre-Dame de Paris

Huxley
- Le Meilleur des mondes

Ionesco
- Rhinocéros
- La Cantatrice chauve

Jary
- Ubu roi

Jenni
- L'Art français de la guerre

Joffo
- Un sac de billes

Kafka
- La Métamorphose

Kerouac
- Sur la route

Kessel
- Le Lion

Larsson
- Millenium I. Les hommes qui n'aimaient pas les femmes

Le Clézio
- Mondo

Levi
- Si c'est un homme

Levy
- Et si c'était vrai...

Maalouf
- Léon l'Africain

Malraux
- La Condition humaine

Marivaux
- La Double Inconstance
- Le Jeu de l'amour et du hasard

Martinez
- Du domaine des murmures

Maupassant
- Boule de suif
- Le Horla
- Une vie

Mauriac
- Le Nœud de vipères

Mauriac
- Le Sagouin

Mérimée
- Tamango
- Colomba

Merle
- La mort est mon métier

Molière
- Le Misanthrope
- L'Avare
- Le Bourgeois gentilhomme

Montaigne
- Essais

Morpurgo
- Le Roi Arthur

Musset
- Lorenzaccio

Musso
- Que serais-je sans toi ?

Nothomb
- Stupeur et Tremblements

Orwell
- La Ferme des animaux
- 1984

Pagnol
- La Gloire de mon père

Pancol
- Les Yeux jaunes des crocodiles

Pascal
- Pensées

Pennac
- Au bonheur des ogres

Poe
- La Chute de la maison Usher

Proust
- Du côté de chez Swann

Queneau
- Zazie dans le métro

Quignard
- Tous les matins du monde

Rabelais
- Gargantua

Racine
- Andromaque
- Britannicus
- Phèdre

Rousseau
- Confessions

Rostand
- Cyrano de Bergerac

Rowling
- Harry Potter à l'école des sorciers

Saint-Exupéry
- Le Petit Prince
- Vol de nuit

Sartre
- Huis clos
- La Nausée
- Les Mouches

Schlink
- Le Liseur

Schmitt
- La Part de l'autre
- Oscar et la Dame rose

Sepulveda
- Le Vieux qui lisait des romans d'amour

Shakespeare
- Roméo et Juliette

Simenon
- Le Chien jaune

Steeman
- L'Assassin habite au 21

Steinbeck
- Des souris et des hommes

Stendhal
- Le Rouge et le Noir

Stevenson
- L'Île au trésor

Süskind
- Le Parfum

Tolstoï
- Anna Karénine

Tournier
- Vendredi ou la Vie sauvage

Toussaint
- Fuir

Uhlman
- L'Ami retrouvé

Verne
- Le Tour du monde en 80 jours
- Vingt mille lieues sous les mers
- Voyage au centre de la terre

Vian
- L'Écume des jours

Voltaire
- Candide

Wells
- La Guerre des mondes

Yourcenar
- Mémoires d'Hadrien

Zola
- Au bonheur des dames
- L'Assommoir
- Germinal

Zweig
- Le Joueur d'échecs

Et beaucoup d'autres sur lePetitLittéraire.fr

www.lepetitlitteraire.fr

ISBN version imprimée : 978-2-8062-6824-2
ISBN version numérique : 978-2-8062-6823-5
Dépôt légal : D/2016/12603/164

Conception numérique : Primento,
le partenaire numérique des éditeurs